靴下貓 3

不合季節的襪子

目次

靴下貓的朋友們

靴下貓

不是花色，而是腳上真正穿著襪子的貓咪。洗臉的時候會先把襪子脫下來，但自己沒辦法穿回去，所以會使出翻滾絕招撒嬌：「幫我穿襪子嘛。」

諾魯

被靴下貓撿到、剛出生的仔貓。毛絨絨的奶茶色超級可愛。最喜歡和靴下貓黏在一起。不過，目前沒人知道牠們住在一起。

羅斯

銀色的俄羅斯藍貓幼貓。年紀非常非常非常小。

小芭咪

和靴下貓一起住在前主人家的巧克力色貓咪。個性難以理解。（詳細情況請見《靴下貓 每天都幸福》）

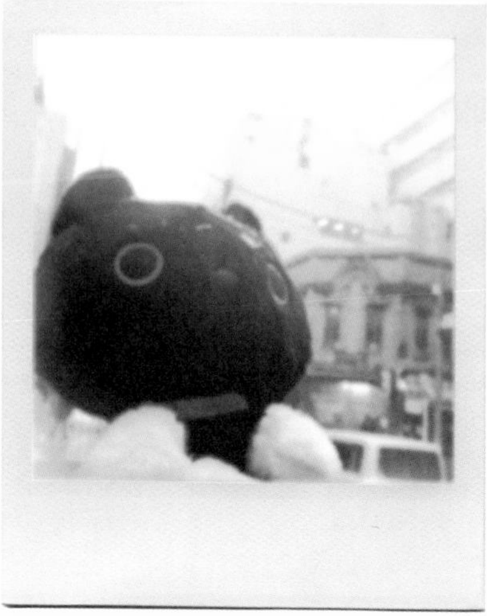

靴下貓好擔心呀

掉落~
發現襪子了!
撿起
驚
在家裡
暖呼呼座墊。
瞄
小跑步
磨蹭
打滾
滾來
幫我穿嘛…
滾去
真的有貓咪是腳上穿著襪子的。
正在跳幫我穿襪襪扭扭舞。
滾來
滾去
…
襪子少了一隻也沒發現~
穿上!
著裝完畢~!
可別連我也不見了也沒發現唷~
要不要坐在我膝蓋上?
耶—!!
你呀,果然還是最愛那個位置!
無可取代的寶座。
跳上
暖和
暖和

抱歉～一直讓你待在籠子裏。
哼 哼
啊！羅斯！
讓我出來—
鏗 鏗
熊抱
咬唷
!!
跳—起—
怎麼啦？欲求不滿嗎？
好痛⋯⋯
咬 咬
來玩嘛～你這小子！
來玩嘛！來玩嘛！
靴下貓，麻煩你照顧一下羅斯唷～
什麼⋯我怎麼有辦法啦⋯⋯
同樣都是貓咪一族⋯
掉下來了⋯⋯
跳
!!
太頑皮了⋯⋯
好痛喔—
咬咬 抓抓⋯⋯
哇吼!!
驚—
快步衝—
快步跑—
咬一口—

大迴轉
是馬戲團嗎…
甩—
咬住
哇…
這麼有精神哪，好棒～
磨～磨蹭蹭
唉
真好玩—
眨眨眼♪
……。
哈哈
轉身
嘆氣嗎？
看～～
走走走
躺
當人類呀，有很多事情要煩心呢～～
你在擔心我嗎？
真體貼～
嗯？怎麼啦？

好久沒打毛線了，要不要再來織個什麼呢～
肩膀好痠…
？
對了
來做這個吧!!
站起
翻找 翻找
你看～!!
呃…那是什麼
編織布偶嗎？
啊哈～目前還看不出來對吧～
還沒成形呢
我正在織襪子呢～
完成預想圖
覺得天氣有點冷了，所以…
偷看
探頭
哇
耶—♥
這個不是玩具啦!!
停—
？
還要過一段時間才會做好唷～
只給羅斯看一下下喔～
藏在最裡面…。
塞 塞
呵呵，你們慢慢期待吧!!
還要等一等就是了
RRRR

咦？
好的，好～
喀嚓
掛斷了！
喂？
朋友嗎？
咦～？…怎麼了？這個時間？
趁現在…
別胡鬧了…
唉呀—
嗯，我知道了～
喀嚓
呼
又在嘆氣了…
明天有客人要來家裡!!
客人…
說是為了看可愛的貓咪！順便來家裡聚餐。
就是一起吃吃喝喝。
乾杯—
啊——
亂七八糟～
要從哪邊開始打掃呢～
啊
打開

轉頭
逃走
!!
!!
嗡~~
咻——
反正
趕快開始吧
好久不曾
出場的吸塵器
超★舊款
噪音大♪
因為……
躲得
真遠啊……。
咻~
貓毛豎立
呼吼!
躲起——
嗡~~
吸
翁…咻~
跑步
得快點
吸乾淨
才行~
貓咪們都在看喔……
咻!
唉呀~
該去買
集塵袋了。
打開
?
咦?
嗡…

滑
簡單打掃一下好~
打開
唉呀，要現在去買嗎~
好麻煩喔~
抓住~
跳
哇…
給我玩啦~
你這小子
喂，那個很髒，別碰!!
打掃真好玩兒
抓 抓
!!
灰塵四散…
飄揚~
哈 哈
你也是!!
為什麼連我也
尤其是羅斯
你們不必幫忙啦!!

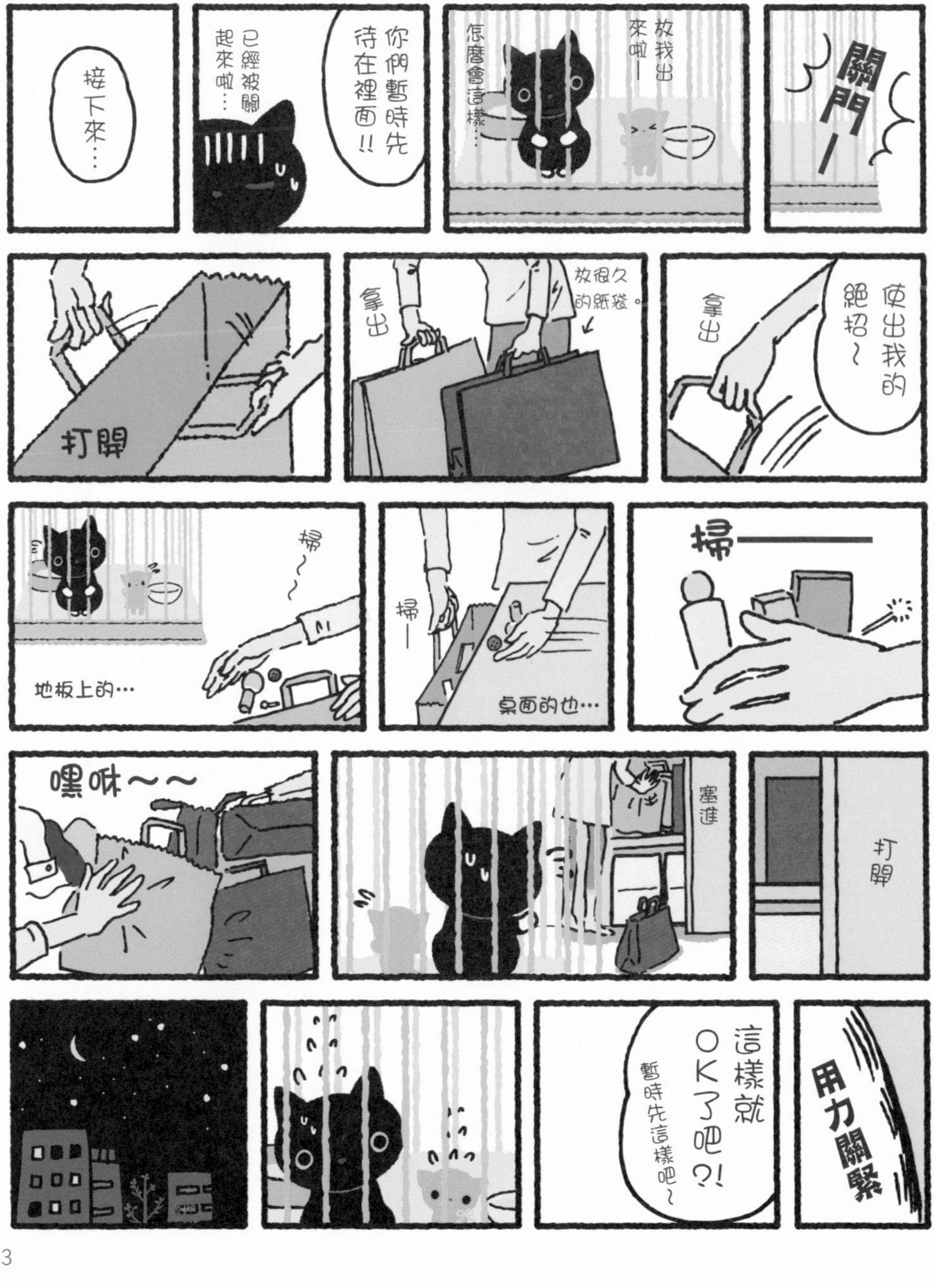
關門ー
放我出來啦ー
怎麼會這樣…
你們暫時先待在裡面!!
已經被關起來啦…
接下來…
使出我的絕招~
拿出
放很久的紙袋。
拿出
打開
掃———
掃ー
桌面的也…
掃~~
地板上的…
打開
塞進
嘿咻~~
用力關緊
這樣就OK了吧?!
暫時先這樣吧~

關於靴下貓

靴下貓

腳上真正穿著襪子，有點與眾不同的貓咪。

有一天，就這麼隨性跑進了我家。

在以前的家，似乎是與一個叫爸爸的人以及一隻叫

小芭咪的貓一同生活。

瞬間僵住

喵!!
哇

也有膽小的一面。

自己沒辦法穿上襪子。

滾來
滾去

有點愛撒嬌的孩子。

好可愛…
大發現!!
大發現!!

喜歡可愛的東西♪

我在學俄羅斯娃娃喔，像不像？

偶爾會做出好笑的傻事。

超喜歡逗貓棒♪

呆呆
掉淚

非常受幼貓們的喜愛。

靴下貓幫忙接待客人

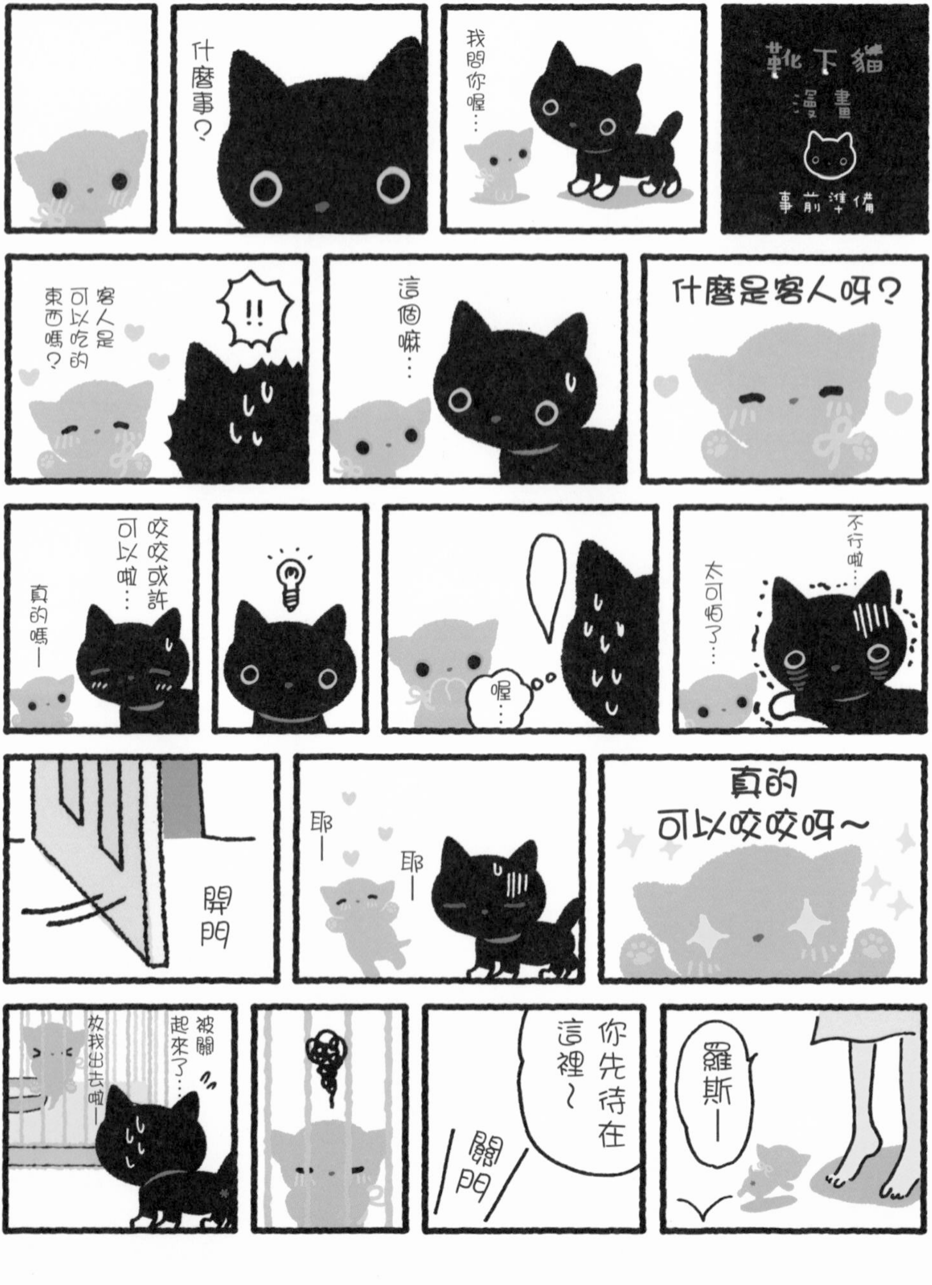
靴下貓
漫畫
事前準備
我問你喔…
什麼事？
什麼是客人呀？
這個嘛…
!!
客人是可以吃的東西嗎？
不行啦…
太可怕了…
喔…
咬咬或許可以啦…
真的嗎ー
真的可以咬咬呀～
耶ー
耶ー
開門
羅斯ー
你先待在這裡～
關門
被關起來了…
放我出去啦ー

靴下貓
漫畫
門鈴聲
今天的連續劇是…
等好久喔…
叮咚
嚇
最怕門鈴聲。
心臟噗通跳
鑽進
飛奔——
走走走…
?
悄悄
安～靜
咚咚
來了～等一下喔～
??
是客人…
緊張
開門
害羞
貓咪可能是被嚇到了，變得好安靜……
歡迎歡迎
打擾了～
TV→
叮咚
驚
逃走—
咦？靴下貓又不見蹤影了…
剛剛不是出來迎接客人了嗎…
突然消失!!

靴下貓
漫畫
客人
磨蹭打招呼
貓咪都不肯過來…
是啊！
興致勃勃
正在思考該怎麼辦。
靴下貓，過來呀～
放心吧—
小步前進～
啊，出來了。
跑跑
來了來了～
伸手
轉身逃走!!
跑掉了…
哈哈哈真可愛—
他會被嚇到啦，不要亂動
是喔
興致勃勃
啊，又跑過來了!!
不可以亂動!!
緊繃
靜止不動—
磨蹭打招呼
幾分鐘後…。
完全不怕了♪
可以動了
沒關係
抖
抖

靴下貓
漫畫
絕招
眼睛圓滾滾的好可愛唷—
可以摸摸你嗎?
伸手—
啊,已經不害怕了耶!!
抖抖
豎毛
怎麼辦—變成像狸貓的尾巴了。
等等!看我使出絕招!!
脫掉襪子
脫
翻滾~~~
幫我穿嘛…
!!
只要脫掉襪子就會撒嬌…
什麼—
希望妳幫他穿上襪子…
滾來
滾去
因為他是靴下貓嘛
翻滾~
幫他穿上去後會變成怎樣??
能幫他穿嗎?
嗯—應該沒問題吧?
↑也是猜測。
穿
驚
還是要幫他脫掉!?
抖抖
唉呀,別害怕了啦

靴下貓
漫畫
絕招2
對了，妳還有養另一隻貓是吧？
對呀 是俄羅斯藍貓
他叫羅斯
小不點
笑—
笑
哇—俄羅斯藍貓笑起來好可愛唷～
超—可愛的
那個…
興致勃勃
真是個好孩子
那個…
咬
咬
甩—
幫我穿嘛♪
翻滾—
沒人理～～
羅斯，快過來～
興致勃勃
…。
失望…
鬧彆扭…
算了…
跑跑跑
咚磅～
!!
感情真好呀—
太可愛了—
好重…

靠近…
雞肉耶…
推
這是小禮物~
雞肉
靴下貓
漫畫
既然是客人的話
這個!
還有這個!!
我也帶了禮物~
不行~~ 這個有加鹽!是人類吃的!!
果然…
抓走
雞肉
吞口水…
好香—
幸福的香味…
好多好多禮物唷
謝謝——!!
雞肉
哭哭
我們不能吃…
已經說過你們不能吃~~~~!
真是的—
抓走
趴
不可以跳進火鍋裡唷…
突然又變得很有興致…
嘟嘟嘟…
真的嗎?
啊~火鍋嗎…
沒關係啦~
在加入蔥之前的話…
配料都在這裡♪
火鍋也是~~

靴下貓
漫畫
貓咪乳酪
火鍋一直沒煮，開始覺得有點無聊。
伸懶腰~~
呼~
拿出
貓咪乳酪
我有帶這個，是貓咪吃的乳酪…
雙眼一亮
跳~
小禮物
貓咪乳酪
你們知道這個~
真的嗎~
閃閃發亮…
這是小工廠自己製作的有機乳酪，滋味很濃厚喔…
你這個小野獸
隨便啦！快點給我們吃就是了！
咬你喔
你們吃吃看吧？
大口
伸手~~
伸手~~
感動落淚
太好吃了…
好好吃唷
好吃到變身成小精靈了。
客人根本就是神哪
超感動~
…好吃
好…好吃
好！給你！
哇——這麼受歡迎呀!!
!!
拜託…再給我吃一口

靴下貓
漫畫
要求
貓咪們也會表演特技嗎？
一般的貓都不會吧—
只要可愛就夠了…
握手!!
砰
不過—
砰
呼呼…
只要給他們東西，就會像小狗一樣…
滾動…
乳酪
丟—
接住
啪
真是…矯捷呀…
大口
而且只要3秒鐘!!
舔舔
好吃…
好羨慕喔—
羅斯呢？
丟—
接住♪
哇喔—
拍拍手
他們也會特技呀
大口大口
太厲害了！
好—吃！
也許吧—
舔
客人如果能天天都來就好了～～
好開心—
好開心—
對吧～
對呀～
扭扭
扭扭
搖搖
搖搖
也太過於有求必應了吧

關於羅斯

羅斯

渾身銀色的俄羅斯藍貓幼貓。

這是從寵物店裡帶回來的，非常頑皮淘氣，與友人

諾魯彼此是競爭對手。非常喜歡靴下貓。

據說又有
冬季的精靈之稱。

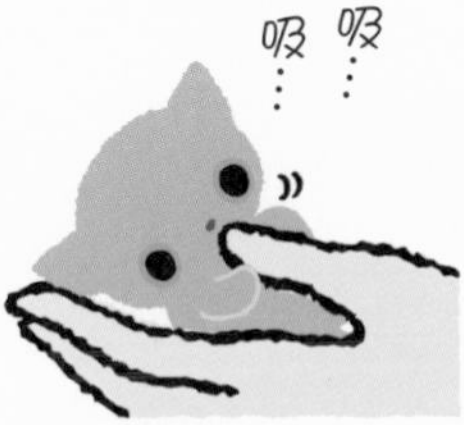

可愛到不行的
吮指頭動作。

實在是超級頑皮。

和諾魯老是對立。

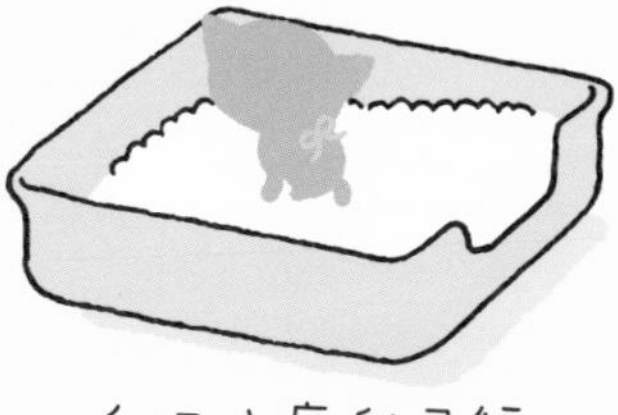

自己上廁所已經
完全沒問題了!!

很怕出門。

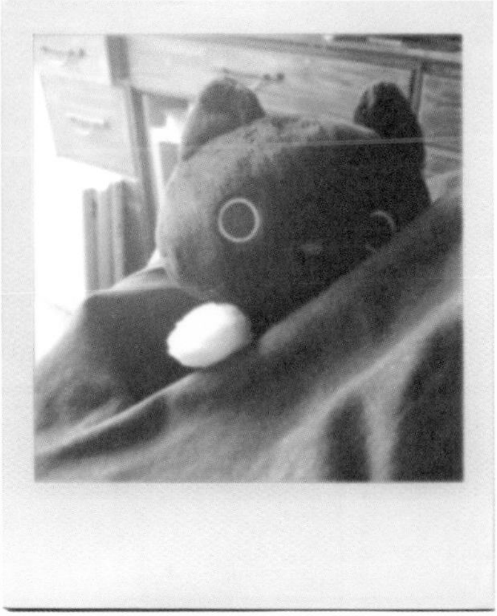

跟靴下貓一起玩耍

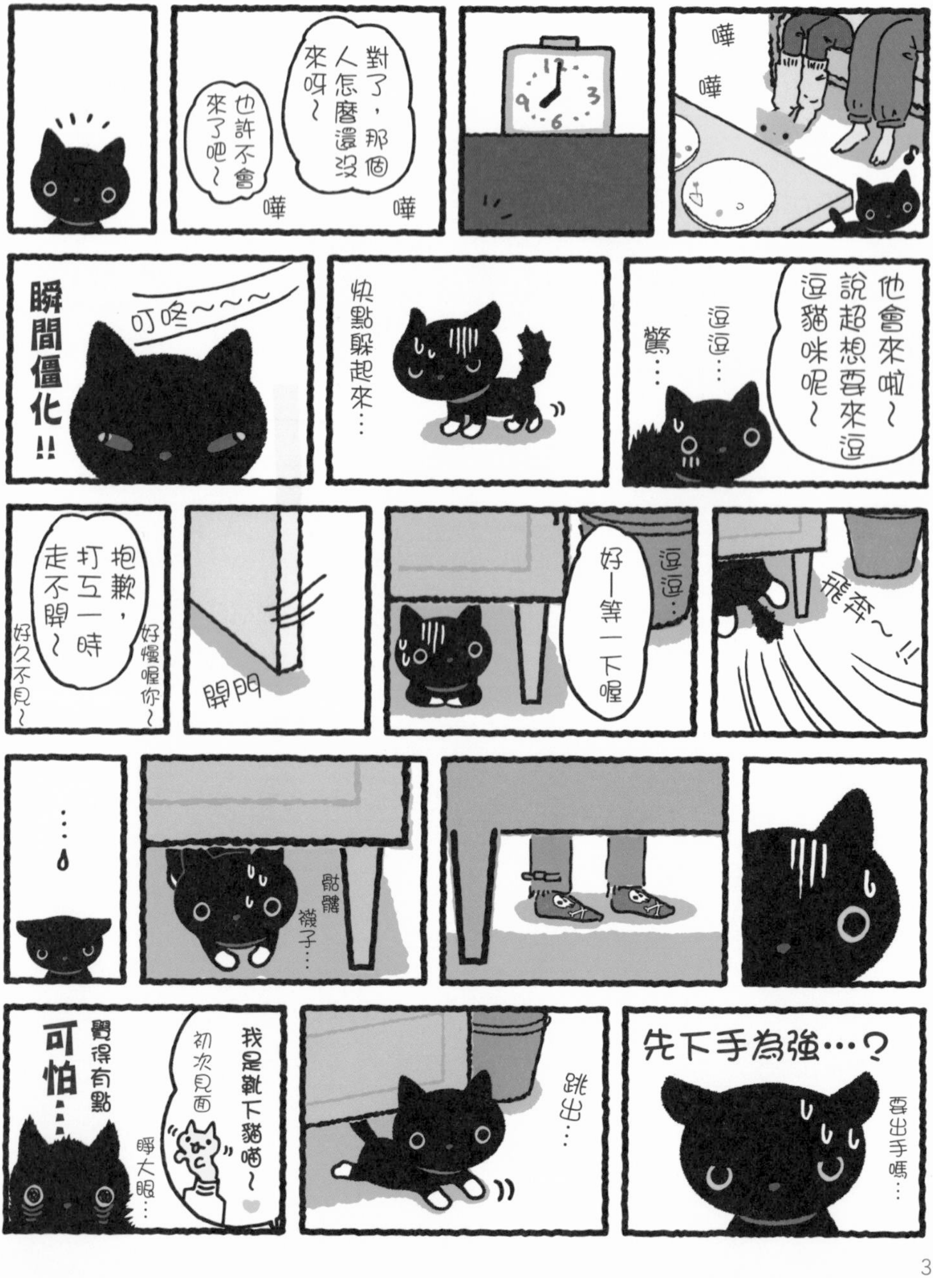
對了，那個人怎麼還沒來呀～
也許不會來了吧～
嘩
嘩
嘩
嘩
瞬間僵化!!
叮咚～～～
快點躲起來…
他會來啦～說超想要來逗逗貓咪呢～
逗逗…
驚…
抱歉，打工一時走不開～
好慢喔你～
好久不見～
開門
好—等一下喔
逗逗…
飛奔～!!
…!
骷髏襪子…
我是靴下貓喵～
初次見面
睜大眼…
覺得有點可怕…
跳出…
先下手為強…?
要出手嗎…

坐下
太可愛了!!眼睛圓滾滾的～靴下貓好小一隻啊～
超興奮!!
爸爸?
坐下
伸懶腰～
打哈欠～
最喜歡爸爸的鋼琴了。
最喜歡爸爸的膝蓋了。
跳
噴——
跳
跑跑
……。

為什麼第一次見面就這麼親密——!!
我哪知道!!
安穩
不愧是貓男啊!!
幹嘛這麼驚訝!?
貓男!?
慵懶~
靴下喵……
喵?
我…我搞錯人了
摸摸
抱歉
唉唷…
咦?
好像還滿舒服的耶
痛快的感覺~
轉身~
這邊也要♪♪
拜託!!
沒有脫掉襪子竟然也會出現翻滾動作!!
為什麼
不知道
羅斯也要—
太強了——!!
貓咪全員集合!!

。。。……
呼嚕呼嚕
竟然都睡著了……
太好了——
輕聲。
那麼，來煮火鍋吧——
贊成——
咕嚕咕嚕
差不多了吧？
打開
啊，請把那邊的大湯匙遞給我～
z—
抱歉，我拿不到啊～
貓咪躺在我膝蓋上～
什麼！
其他人
可是這樣會把貓咪們吵醒耶～
呼嚕呼嚕
呼呼
睜開
唉呀～被吵醒了～
抬頭
哇，是味噌……
危險！小心啊
不行，會被燙到啦!!
咬咬
好痛
含住

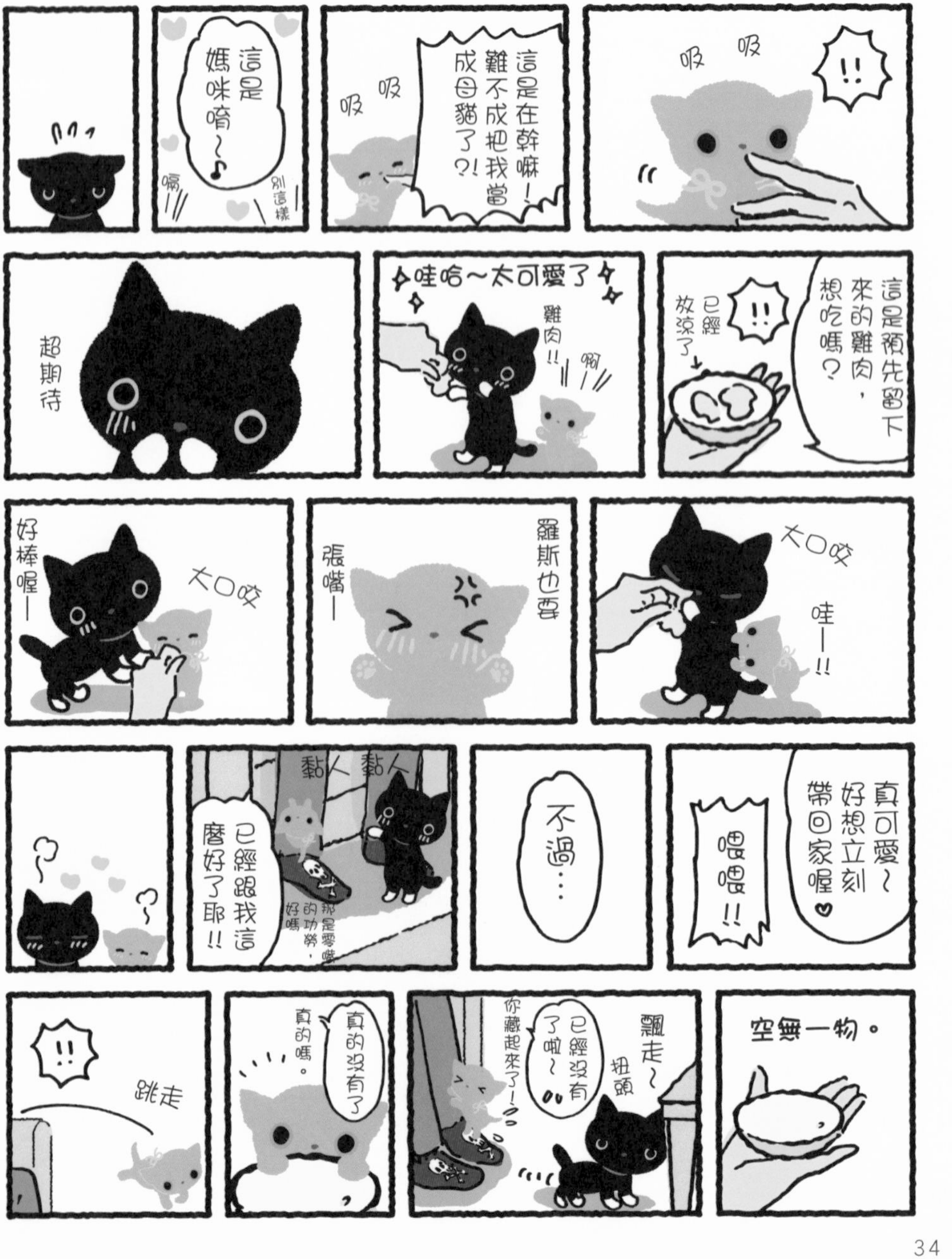
!!
吸 吸
這是在幹嘛！難不成把我當成母貓了?!
吸 吸
這是媽咪唷～♪
別這樣
嗝
這是預先留下來的雞肉，想吃嗎？
!!
已經放涼了
哇哈～太可愛了
雞肉!!
啊ー
超期待
太口咬
哇ー!!
羅斯也要
張嘴ー
太口咬
好棒喔ー
真可愛～好想立刻帶回家喔♥
喂喂!!
不過……
黏人 黏人
已經跟我這麼好了耶!!
那是零嘴的功勞，好嗎
空無一物。
飄走～
扭頭
已經沒有了啦～
你藏起來了！
真的沒有了
真的嗎。
!!
跳走

看來食物的吸引力已經消失了。
入定
嗚…好寂寞喔~
入定
躲得遠遠的。
哈哈哈
貓咪的個性就是這樣啊
態度不即不離…
不動
不動
……。
失落—
拜託，不必這麼沮喪吧!!
對呀~~~
快過來吃火鍋吧！熱騰騰唷!!
放點愉快的背景音樂~
滑開
搖
搖
挺喜歡的。
咦~~？你看尾巴！
正在打節拍耶!?
樂在其中~
喜歡音樂…

對了，靴下貓好像滿喜歡聽音樂的。
是喔～
!!
翻找
?
這個手機可以彈鋼琴喔，但不知道他們是否會有反應。
嗶嗶
鋼琴…爸爸…
小跑步—
羅斯也喜歡—
哇喔，人氣又回來了!!
搖
搖
轉轉
轉
哇哈，尾巴跟螺旋槳似的!!

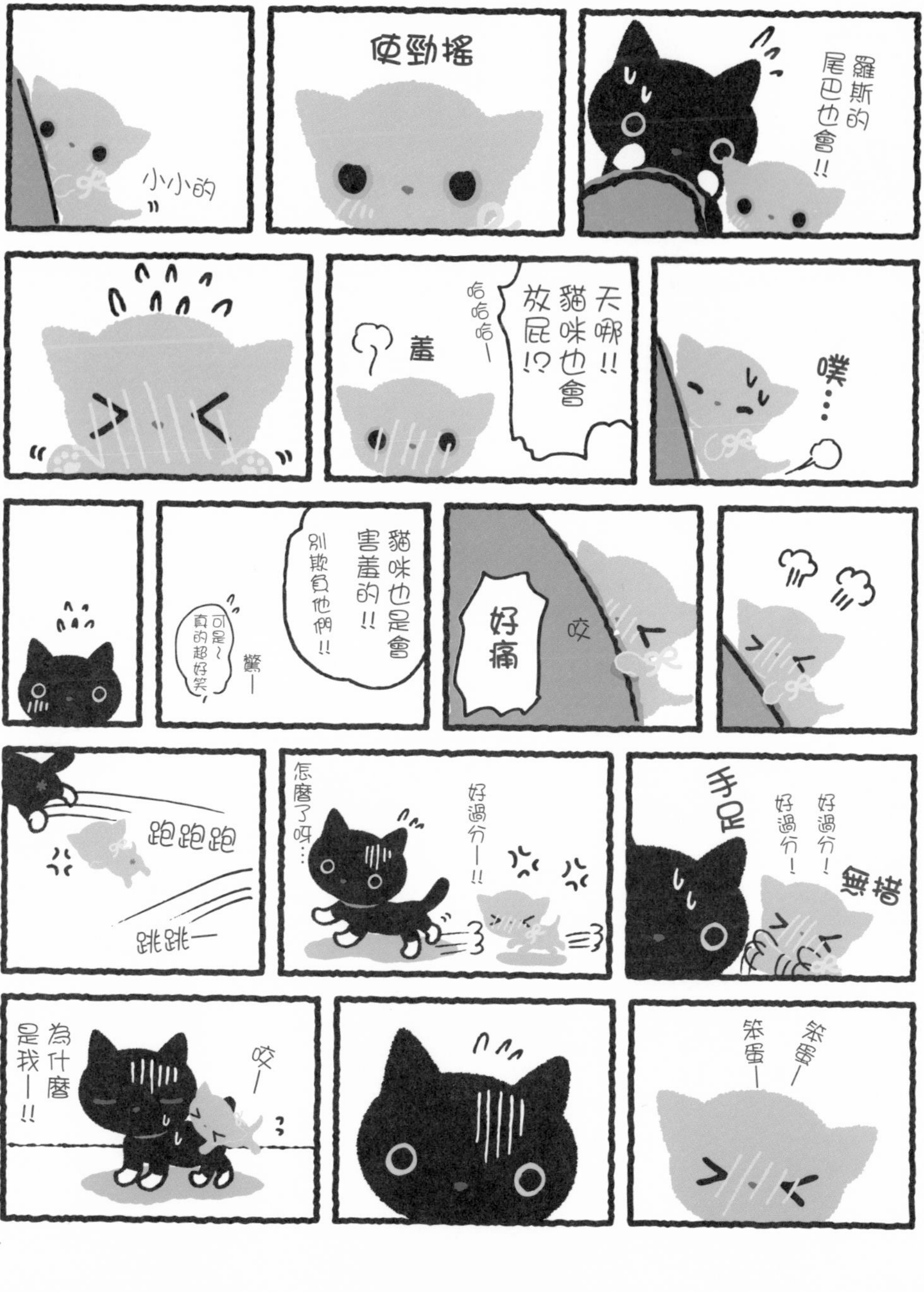
小小的
使勁搖
羅斯的尾巴也會!!
天哪!!貓咪也會放屁!?
哈哈哈—
羞
噗…
貓咪也是會害羞的!!
別欺負他們!!
驚—
可是~真的超好笑
好痛
咬
跑跑跑
跳跳—
怎麼了呀…
好過分—!!
好過分!
好過分!
手足無措
為什麼是我—!!
咬—
笨蛋—
笨蛋—

關於諾魯

諾魯

毛茸茸、全身奶茶色的小幼貓。看起來非～常非常可愛，但卻是個愛生氣的傢伙。因為是被靴下貓撿回來的，老是喜歡黏著他撒嬌。目前的情況是瞞著飼主和靴下貓一起生活。

對洋香菜有莫名的好感。

媽媽也是一隻毛茸茸的貓。

一生氣就變臉。

最喜歡靴下貓的襪子。

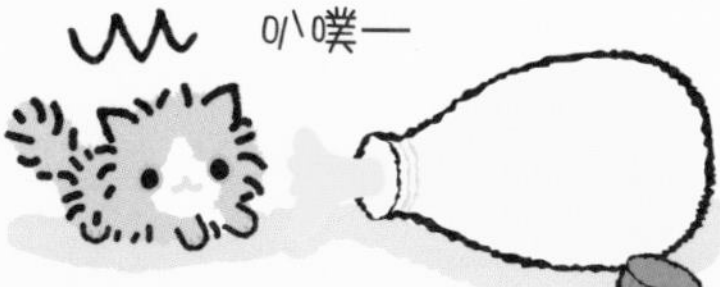

藍色的眼珠非常美麗

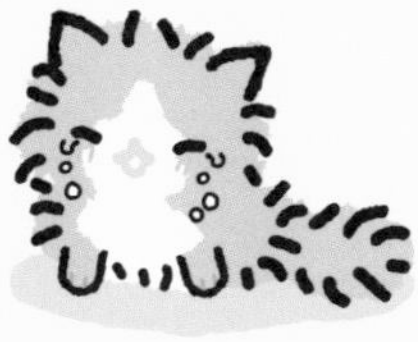

不論喜怒哀樂都十分激動。

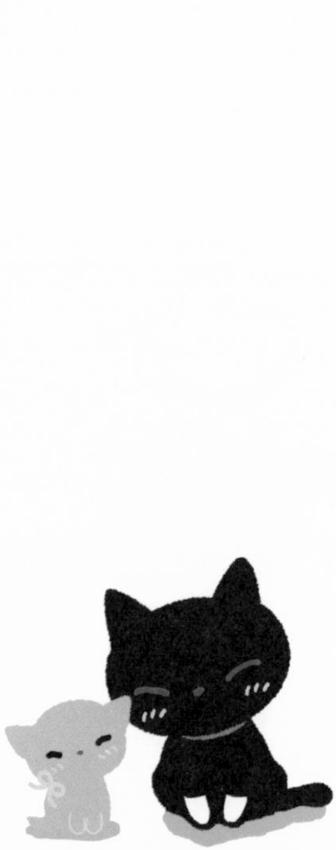

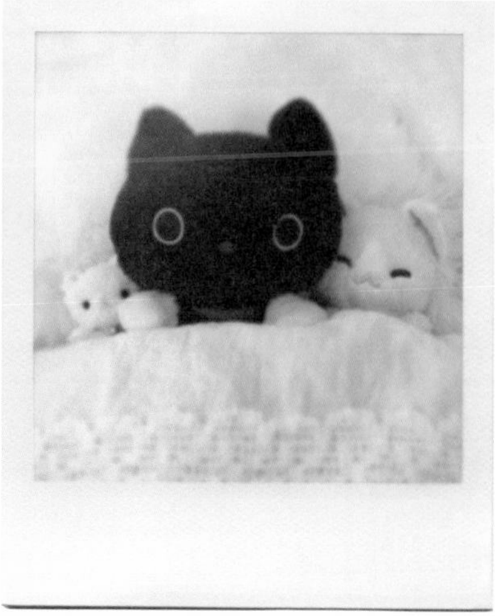

靴下貓多多費心了

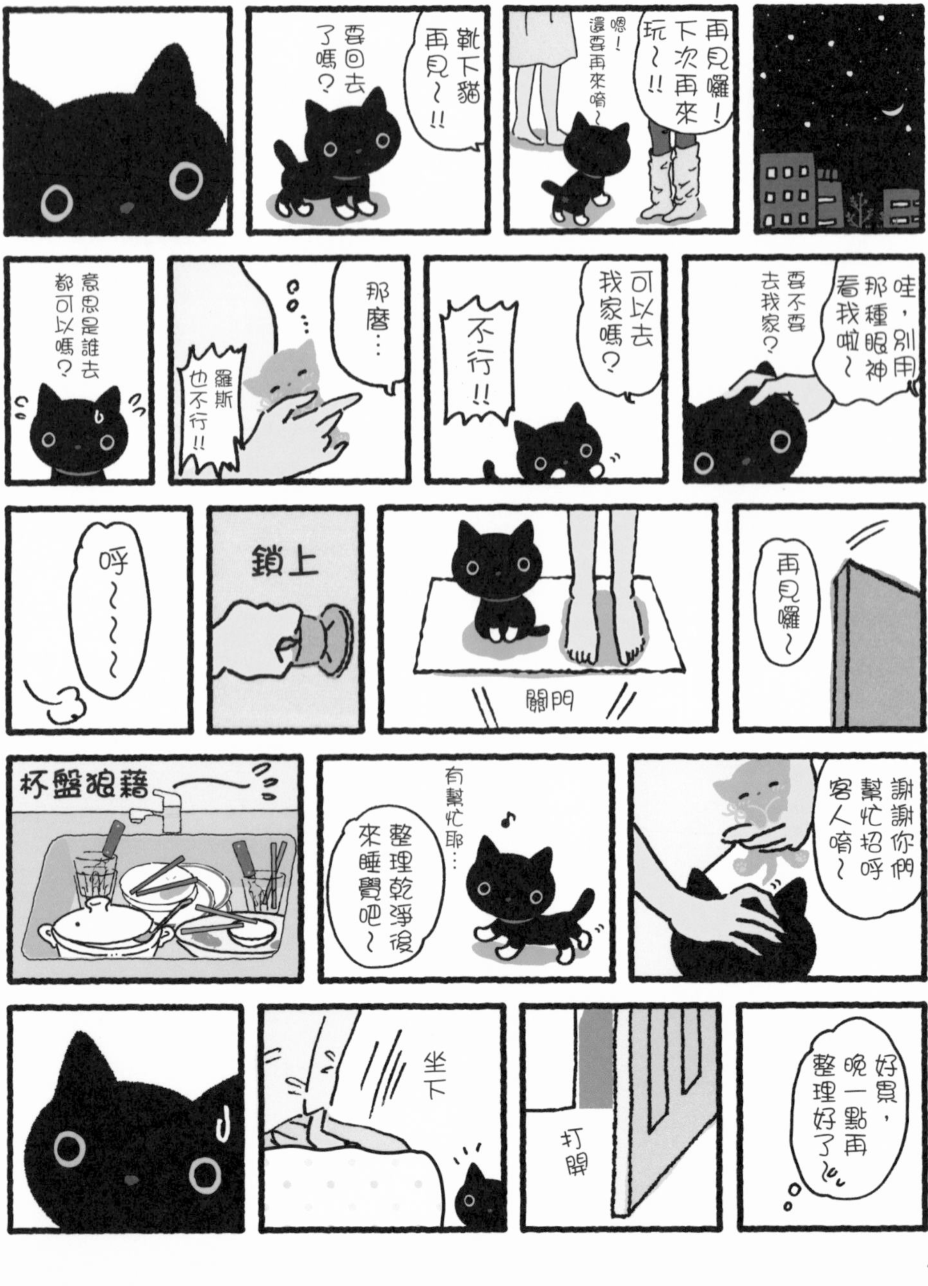

再見囉！下次再來玩～!!
嗯！還要再來唷～
靴下貓再見～!!
要回去了嗎？
哇，別用那種眼神看我啦～
要不要去我家？
可以去我家嗎？
不行!!
那麼…
羅斯也不行!!
意思是誰去都可以嗎？
再見囉～
關門
鎖上
呼～～～
謝謝你們幫忙招呼客人唷～
整理乾淨後來睡覺吧～
有幫忙耶…
杯盤狼藉
好累，晚一點再整理好了～
打開
坐下

咚
我先躺一下下～
依偎
躺一下下……
驚醒
啊
好冷……
滴答
12
3
9
6
好危險好危險……
哇，差點就壓到羅斯了……還得打掃呢～
得把他們放回籠子裡……
糟糕—睡著了～
喀嚓
關門
晚安囉～

啊
已經…天亮啦？
抖
早安…
妳還好嗎？
好像有點發燒？
搖晃～
但是沒辦法請假啊～
搖搖晃晃～
跟上
磨蹭
早安～飯飯要等一下喔～
抬頭～
嘩啦
嘩啦嘩啦…
好大一盤！

吃得肚子圓滾滾
舔舔
好會吃…
舔
舔
吃光光
吃光光…
舔
跑步
我出門囉！
咦？你在擔心我嗎？
謝謝~
磨蹭
嘎沙—
嘎鏘—
…。
關門
開門
我會加油的~
羅斯—?!

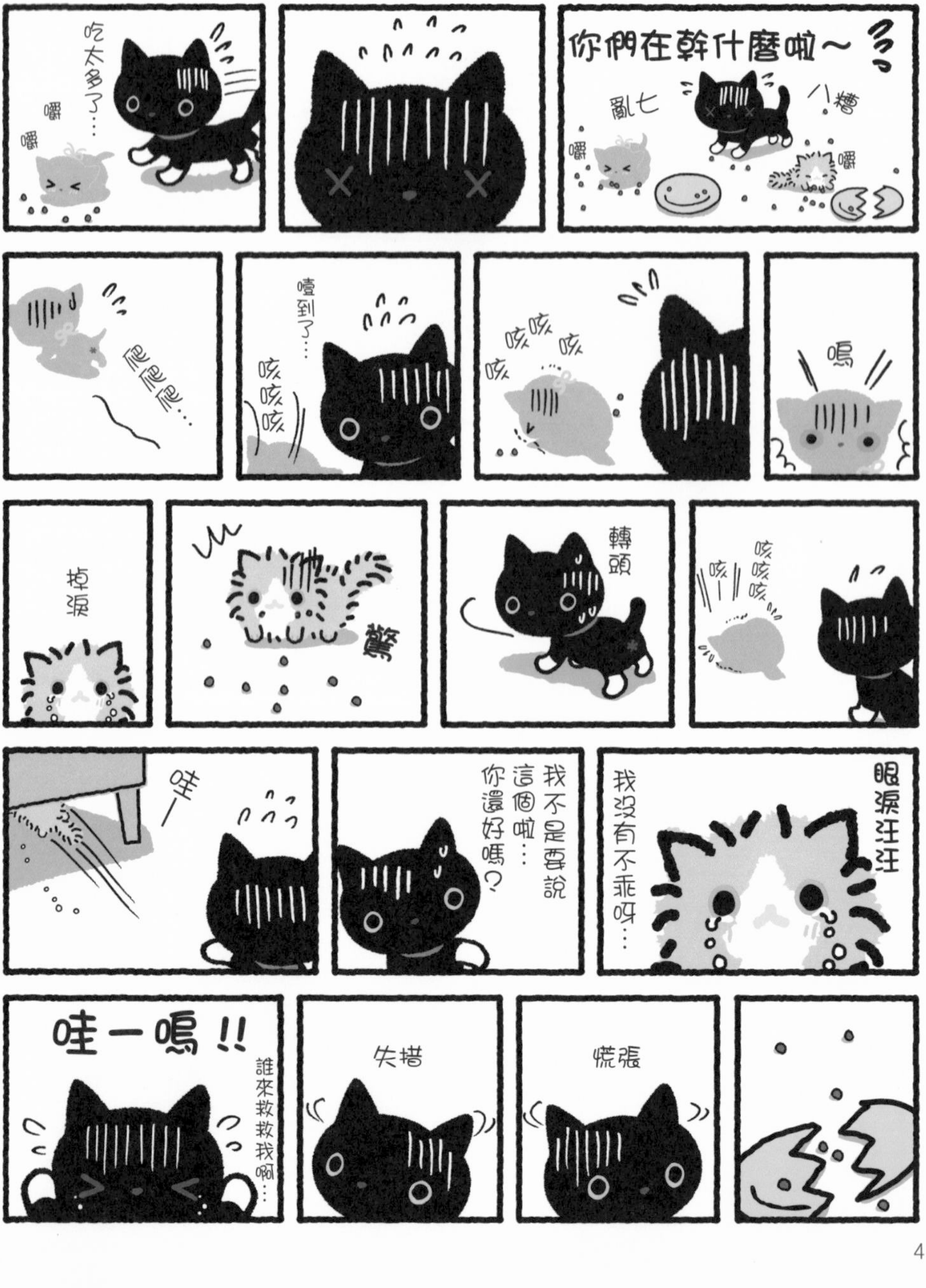
吃太多了…
嚼
嚼
你們在幹什麼啦~
亂七
八糟
嚼
嚼
爬爬爬…
噎到了…
咳咳咳
咳
咳
咳
咳
嗚
掉淚
驚
轉頭
咳
咳咳咳
哇—
我不是要說這個啦…你還好嗎？
眼淚汪汪
我沒有不乖呀…
哇—嗚!!
誰來救救我啊…
失措
慌張

嘎—
嘎—
開門
我回來了~
好累唷~
今天~
咦~？
沒有來迎接~？
慘不忍睹
這~是怎麼回事!?
逃走了…
啊
快跑
…唉呀，我沒有生氣啦
對不起
對不起
你還好嗎？
抖抖
伸手
抱歉抱歉…
掉淚
咦？
眼淚落下
怎麼了…
真是抱歉啊~
抱

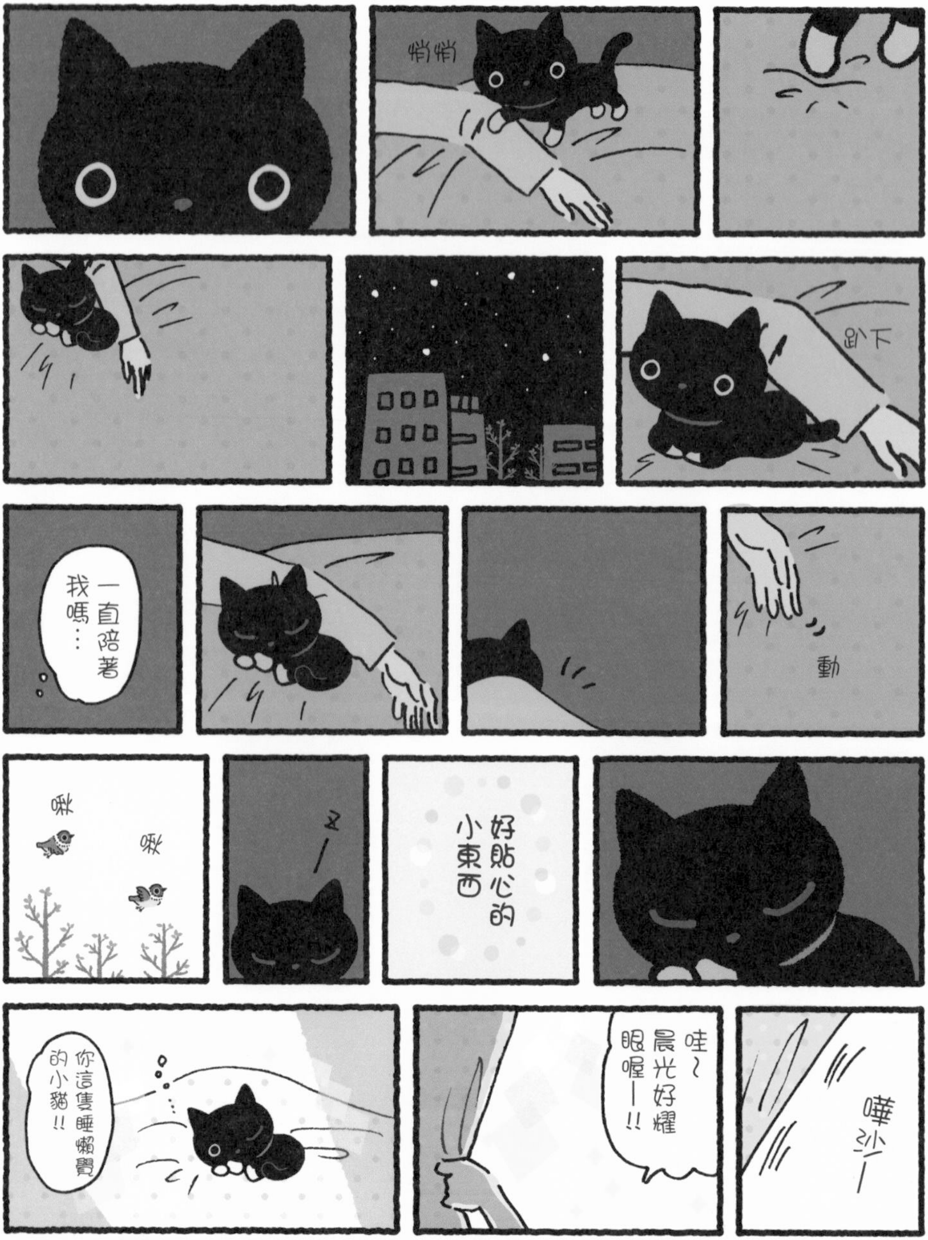
悄悄
趴下
動
一直陪著我嗎……
好貼心的小東西
ㄡ—
啾
啾
嘩沙—
哇~晨光好耀眼喔—!!
你這隻睡懶覺的小貓!!

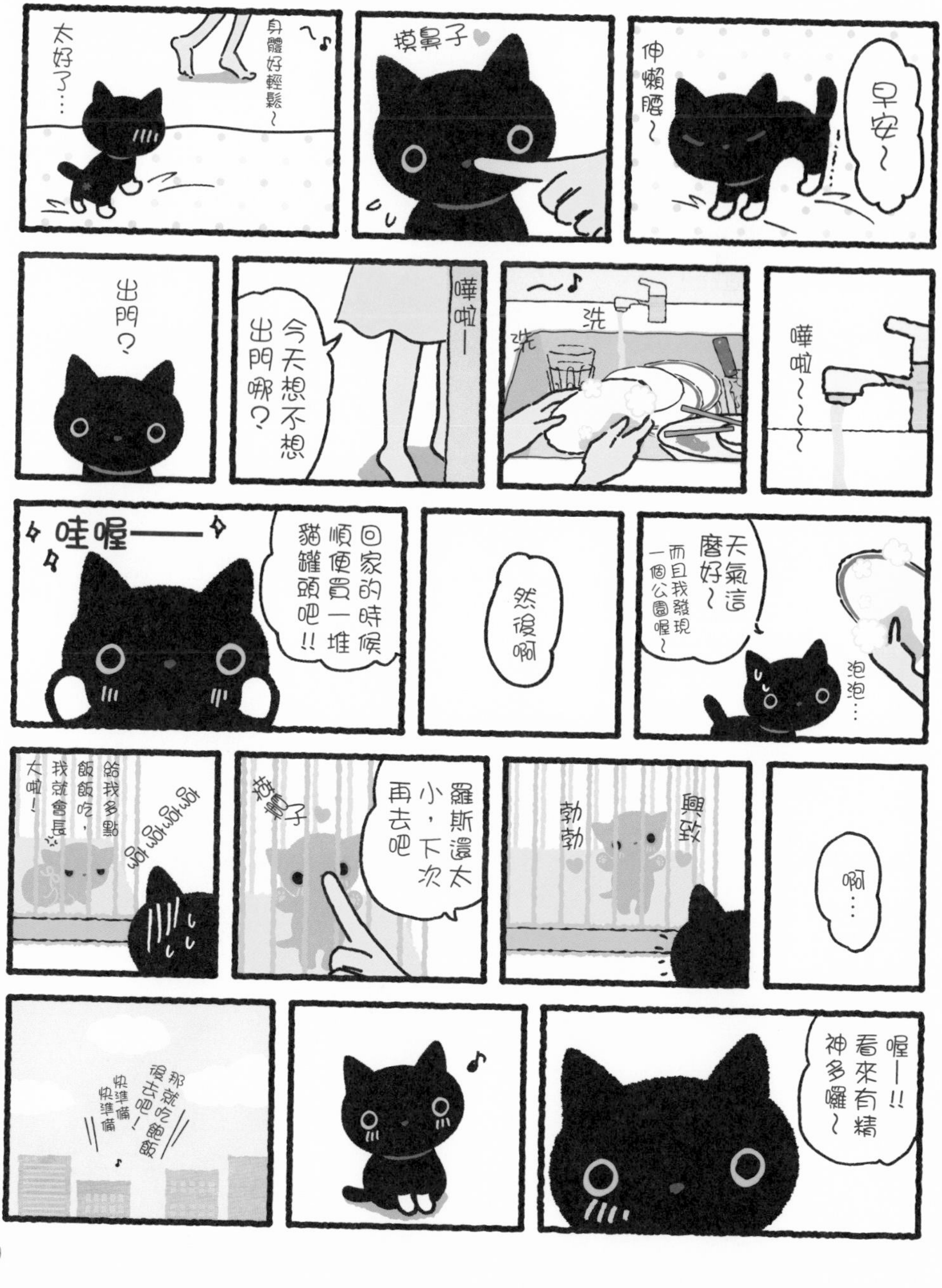
早安~
伸懶腰~
摸鼻子
身體好輕鬆~
~♪
太好了……
嘩啦~~~
~♪
洗
洗
嘩啦—
今天想不想出門哪?
出門?
泡泡……
天氣這麼好~
而且我發現一個公園喔~
然後啊
回家的時候順便買一堆貓罐頭吧!!
哇喔——
啊……
興致
勃勃
羅斯還太小,下次再去吧
摸鼻子
給我多點飯飯吃,我就會長大啦!
哇哇哇哇
喔—!!看來有精神多囉~
那就吃飽飯後去吧!
快準備
快準備

靴下貓四格漫畫
之1

發簡訊。
嗶嗶
嗶嗶
嗶嗶
磨蹭
嗶
嗶
直盯~~
嗶嗶
嗶
嗶
嗶
嗶嗶
你也想打打看呀？
嗶嗶

我也按到了
小跑步

無妄之災。
跑跑跑
溻答答～～
!!
滑落～
舔 舔

這傢伙真是讓人會心一笑啊…
雖然是無妄之災

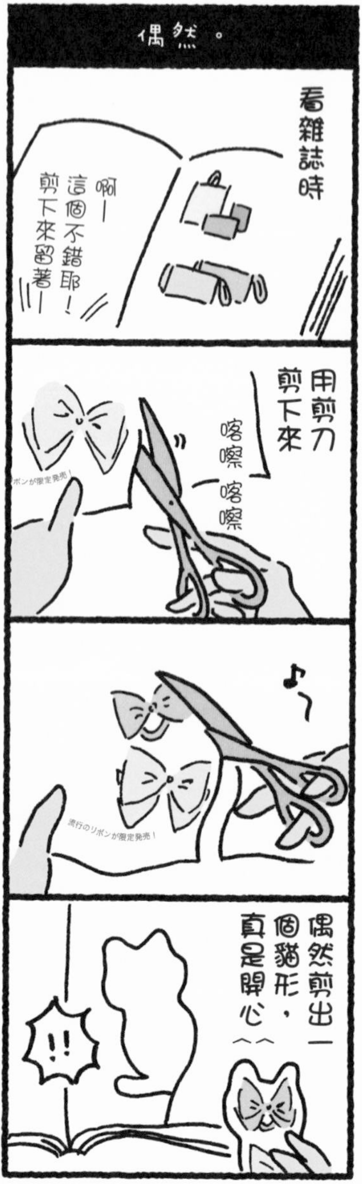
偶然。
看雜誌時
啊—這個不錯耶!
剪下來留著—
用剪刀剪下來
喀嚓 喀嚓
ボンが限定発売!
流行のリボンが限定発売!
偶然剪出一個貓形,真是開心^^
!!

哇—給我看!!
???

軟QQ。

可是我好想看你猜拳喔…

怎樣都看不膩

開罐
橘子
趨前
趨前
啪喀
興奮
興奮
……
啊ㄩ
被騙了!!
被騙了!!
啊ㄩ
我沒有騙你們啊！

最討厭橘子了!!

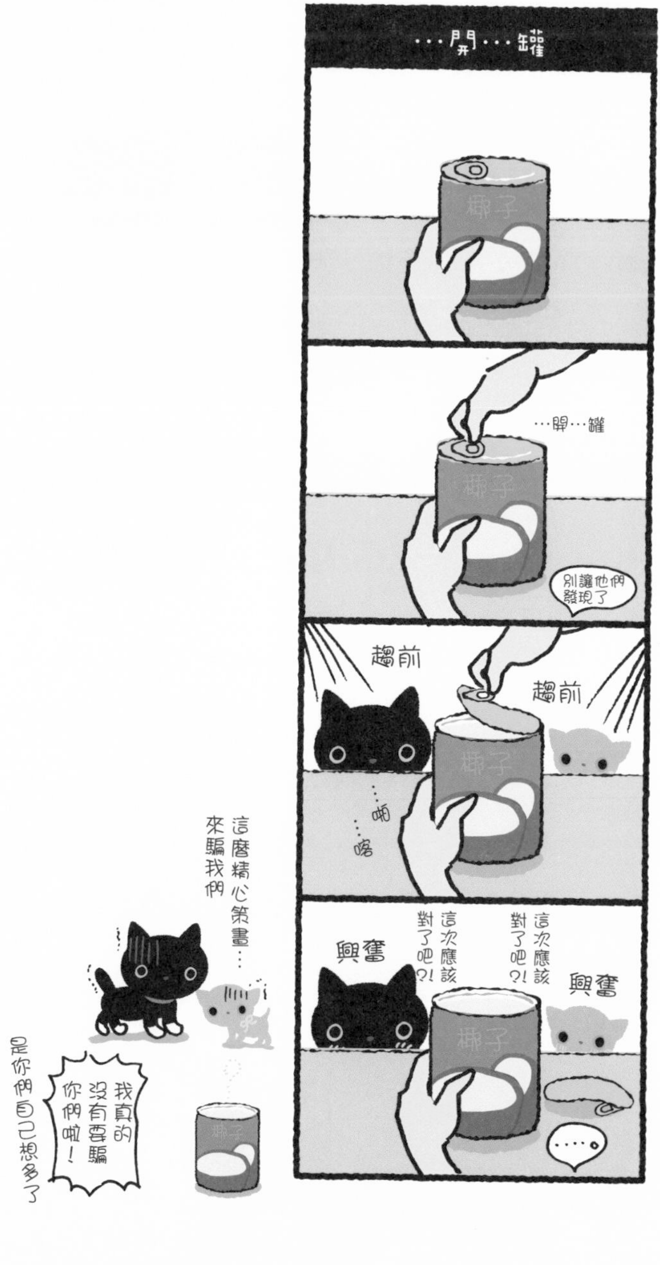
…開…罐
椰子
…開…罐
別讓他們發現了
趨前
趨前
…啪
…喀
這次應該對了吧?!
這次應該對了吧?!
興奮
興奮
…….
這麼精心策畫…來騙我們
我真的沒有要騙你們啦!
是你們自己想多了

靴下貓悄悄話。

＝ 自由自在的貓咪小動先生 ＝

外表看起來老老實實，偶爾也會出現有所覺悟的表情，所以在他的名字後面加了「先生」兩字。
做任何事都是乾淨利落，非常有俄羅斯藍貓該有的模樣。
屬於神經很大條的個性～
骨架較大～
小動先生
蘿比

以前曾經介紹過貓咪「小動」（詳情請見靴下貓② 58頁、76頁），他的個性總而言之就是「不懂得看狀況」，凡事都是我行我素。他並沒有一張俄羅斯藍貓該有的精明長相，反而是一臉傻樣，身材也比日本貓還胖…。由於外表乍看之下屬於「可愛」型，稍一鬆懈，這傢伙就完全頑皮得不像樣了。姊妹貓「蘿比」就很有俄羅斯藍貓該有的模樣，完全不需要人家操心，以至於我老是將心思放在小動身上，對蘿比真是「抱歉～～」啊！

喂—請問是哪位～？
人家
怎麼可以亂打電話啦！！
？

總之，只要稍微沒看住他，就不知道他會做出什麼事來！所以我必須隨時盯緊小動，簡直就快得有兒焦慮症了！！

這位置是我的！！
幹嘛？
盯～～
太靠近了…看不到電視了啦～

由於我的太不小心，他就這麼離開家了，如今只要回想起這一段往事就淚崩到不行！！但老實說，我也不可能24小時都盯著他，而這小傢伙出的各種小狀況更是數也數不完！！像是把書架上的東西全部推倒啦，把花兒吃掉啦，拉開廚櫃將裡面的東西全都咬出來啦，或者是趴在瓦斯爐或烤箱上等等……

從貓咪會做的各種搗蛋把戲，到一個人彈吉他……、隨便就把冷氣開關打開、打開電視機看、隨便撥電話出去…等等之類的行徑，搞得家裡好像鬧鬼似的！！

某天早上
亂七八糟…。
地上滿滿都是花瓣…
昨晚是有國王經過這裡嗎……

冷氣
你在做什麼？
噗？不行嗎？
好像有點太冷了耶～
嗶！

靴下貓出門去

靴下貓
漫畫
抵達
抵達公園了。
縮回
汪汪
鏗鏗
畏縮
戴上外出用的拉繩。
好，我們走吧!!
拉
……。
小心滑出
畏縮
石頭……。
什麼嘛—不喜歡出來?!想回家嗎???
等一下嘛……
腦中一片空白。
石化
硬梆梆
完全動也不動啊。
滑出
不想回家呀!?
轉頭

靴下貓
漫畫
幸運草
……。
匍匐前進中。
毛茸茸
毛茸茸
好像地毯唷
打滾
毛茸茸
毛茸茸
毛茸茸
毛茸茸
倒下—
你在幹嘛？練習倒地的姿勢呀？
毛茸茸
蓬鬆～
起身
剛好是下坡…。
咻～
倒下—
蓬鬆～
立起
!?
嗚—
你要小心一點啊！
腫高高～
什麼!?怎麼會這樣!?
鏗
咻—
!!

靴下貓
漫畫
真幸運
一點兒也不幸運…
跑走
哼
好像有東西跑進襪子裡了～
覺得扎扎的…
咦？會不會是跑進小石頭了？
這腳也有…
倒
倒
統統脫掉
啊！
揪出。
夾著四葉的幸運草！！
小小的
雖然外型不是很完美，但真的是四片葉子耶！！
是喔—
這些襪子有魔法耶
害羞…
雖然受了小傷，但被人家這麼一講就…
推
推
推
彎起
沒什麼啦…
哇—要送給我嗎？謝謝你—

靴下貓
漫畫
蝴蝶
停
悄悄靠近
飄走
跳高高—
飛走了…
追追追
飛撲
飄走
追追追
跳高高—
喘…
飛奔—
喘…
呼—
呼—
喘—
喘—
驚覺
喘—
喘—
你還好嗎…
雖然動作超可愛但…

暖洋洋
休息一下⋯
靴下貓
漫畫
長椅
轉身
伸懶腰～～～
真舒服⋯
涼快多了⋯
有了
太熱了⋯
暖洋洋
暖洋洋
暖洋洋
好冷喔⋯
咻－
咻－
太陽公公棉被
原來如此⋯
好熱⋯

靴下貓
漫畫
蒲公英
♪
嗅聞
飄起…
輕飄飄~
飛走了…
我抓
我抓
飄~
飄~
哇…
好可愛
好多唷…
飄~
咻—
哇喔~~
唉呀呀—
飄~
很可愛但也太可怕了…
緊張

靴下貓漫畫
擅長的特技
?
大發現!!
這是什麼羽毛？小鳥？
唉唷～但有點髒髒的，不可以玩!!
沒收～
又來了？
大發現
玩耍
好像章魚唷…
唉唷～這是別人家的東西，不可以玩!!
人家說不定還在找呢…
沒收～
大發現
又來了
快步
轉頭
不行!!
這個絕對不能玩!!
快點放開它!
?

這是真實故事

靴下貓
漫畫
爬樹
聽說花豹非常擅長爬樹。
輕鬆優雅…
不曉得靴下貓會不會爬樹
!!
撲上
哇喔~~
我爬我爬
完成
爬上去了~~
踱步向前
轉身
哇—完全沒問題耶!!
彎身
趴坐。
我記得有這種構圖的畫呢~♥
樹與貓真是絕配呀!!
……。
那個…
抖抖
!!
好可怕喔…
爬得上去,但似乎下不來…

靴下貓四格漫畫
之2

靴下貓山。
Z—
幹嘛？
山頂!!
唉唷
這樣變好重耶？

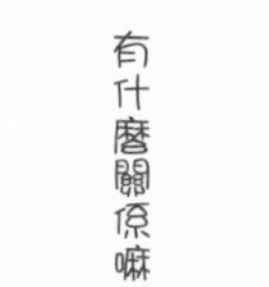
有什麼關係嘛

睡姿。
仙人風。
龐克風。
螃蟹風。
貓頭鷹風。

辛苦你啦
小諾魯…
打哈欠～

羨慕。
咻~
抖
羨慕吧？
好溫暖唷…
你看我!!

讓我的毛茸茸來溫暖你♪

真可怕。
這狀況，究竟是感情好還是感情不好啊？
不妙…
睜開眼
鬆一口氣…

快趁現在將這兩個分開…

別碰，危險!!

踩踩。
踩
踩
踩
踩
大放鬆～～
Z
太可愛了啦……

可愛：可怕的
比例是9：1。
真的嗎!!

靴下貓悄悄話。

= 關於貓兒們的脫毛 =

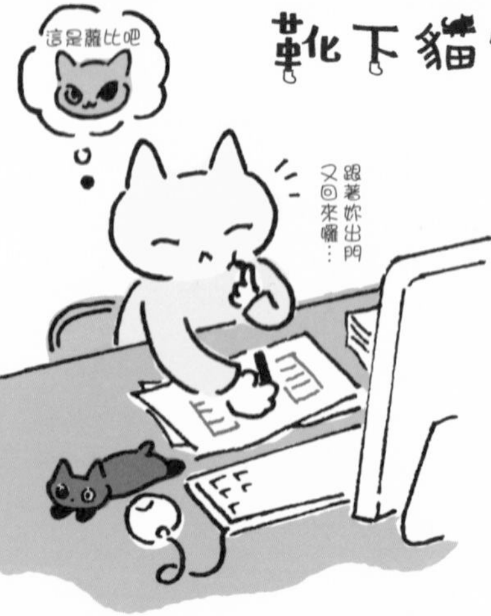
這是蘿比吧
跟著妳出門又回來囉…

沾滿毛～～!!

人類也會如此，但大家知道貓咪們每天會大量的「脫毛」嗎？貓咪一族當中，俄羅斯藍貓是最～～會脫毛的一種。但也有可能是因為有2隻貓…是說我家啦…。在房間內，這些脫毛的眾多「分身」就像忍者一樣，隱藏在各個角落裡。它們會黏在衣服上跟著我進辦公室，簡直比狗仔隊還難纏…。當然，我只好忍耐著將這些毛又帶回家，但這不認真想個辦法解決可不行啊！……

好厲害—
那個皮草是用這隻貓的脫毛做的。
是羊毛氈耶!!
真是人上有人哪!
黃金金吉拉貓♪
小梅

於是，我的消滅分身大作戰的祕密武器，就是空氣清淨機＆吸塵器雙人組！！只是…聽說吸塵器運作的聲音會嚇到貓咪耶！？唉呀，我這樣想是不是太寵他們了？至於完全無聲、安安靜靜的紙拖把，成了貓咪們的大玩具，而且清潔效果有限……

吸塵器
聲音太大了不行
紙拖把
被當成玩具所以也不行

所以我決定來「養」一隻一直很想試試看的掃地機器人～♪♪

漫步天堂般的觸感♪
俄羅斯藍貓的雙層毛
密實…
像羽毛般柔軟
是有那麼舒服唷？

機器人操作中的聲音跟發條玩具的聲響差不多大，因此貓咪們也都抱持著非常好奇＆稍稍害怕！？的心情來面對它。

老是隨性將它啟動的小動先生。
按一下看看～
嗶嗶
抓抓
我可沒說認可這傢伙喔!!
豎耳…

而這台具有「人工智慧」的機器人既有頑固的一面，也有發蠢的時候，在我家算是吸塵器未滿、玩具以上的一種存在。看來貓咪們似乎也認同這個新來的傢伙是家裡的新成員了。

最喜歡站得高高～
如果真的是會幫忙打掃的寵物就好了～
妳是誰!!
我是愛乾淨的小浣熊啦
抱歉畫得不像

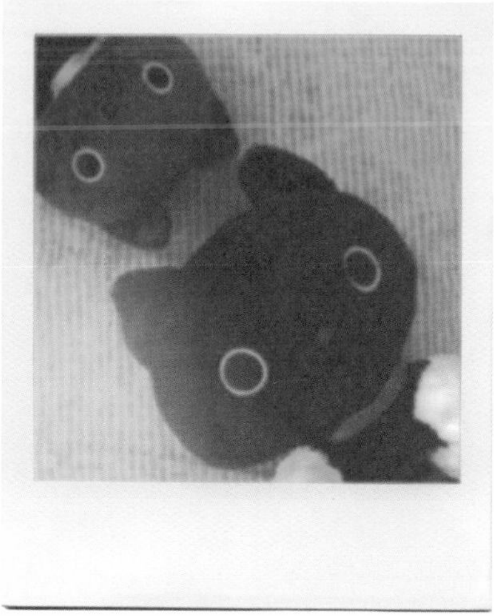

靴下貓在公園遇到小小困擾

偶爾出來走走也不錯呢~
沒有電線桿~天空好漂亮喔
如果不是靴下貓，我就不可能來這裡了~
翻滾
沒想到住家附近就有這種公園~
真是都市綠洲
害羞
蹭
摸摸
謝謝你
翻身
抓
跳~
鬼鬼祟祟
咬
脫落

……。
還給我……
好可愛唷~
那就去追回來吧!!
被拿走啦?
是啊……
跑走—
!!
喂—
跑
簡直就是羅斯的翻版
似曾相識……
跑
跳
哇，好敏捷!!
!!
跳
還給我啦……
轉頭
鑽入
別跑……

探頭
!!
呼 呼
逃走了嗎？
躲起來了……
迅速
啊!!
奇怪～？剛才那孩子不是黑色的嗎？
是我看錯了嗎?!
白色？
好可愛～
盯～～～
刷
空盪盪～
跑
找到了!!
探頭
!!
哭哭
我的襪子……
到底在哪裡呀？
不見蹤影了～
空盪盪～
哇！對不起！
咻—

不要，
我就是不要嘛
我不會放棄的…
坐下
…我看就算了吧？
實在敵不過這些小流浪貓呀～
嗚嗚
滑開
!!
衝刺
鎖定目標!!
!!
快回來!!
會迷路的!!
不行啦！不能去那裡!!
咚
偷看
跑
頭昏眼花～
你沒事吧？
滑…落…

!
抓
還給我吧……
啊
是兄弟!?
快跑
鑽進
鑽進
鑽進
鑽出
鑽出
匍匐前進♪
又來了～??
真是討厭…
咻一
卡住
刷
跑跑跑

纏住了嗎？
有個幫手就好了…
喂——
你在哪裡～？
沙沙
唉呀，你在做什麼呀!?
纏得亂七八糟～
我也正傷腦筋呢…
真是的，誰教你不聽話！
對不起…
拉開
小貓呢？
聞嗅
在那邊嗎？
應該是吧—
啊…
給我乖乖別動!!
抓住
盯
被包圍了～

這是什麼聚會呀？
緊盯！！
糟糕！來到不該來的地方了!?
!!
嘿咻……
……
滑下
!!
探頭
原來有2隻啊……
丟……
唔嗚嗚
原來還活著呀！！
快步
還好嗎？
這是你們的媽媽嗎？
?
?
等一下！！
跑
咻

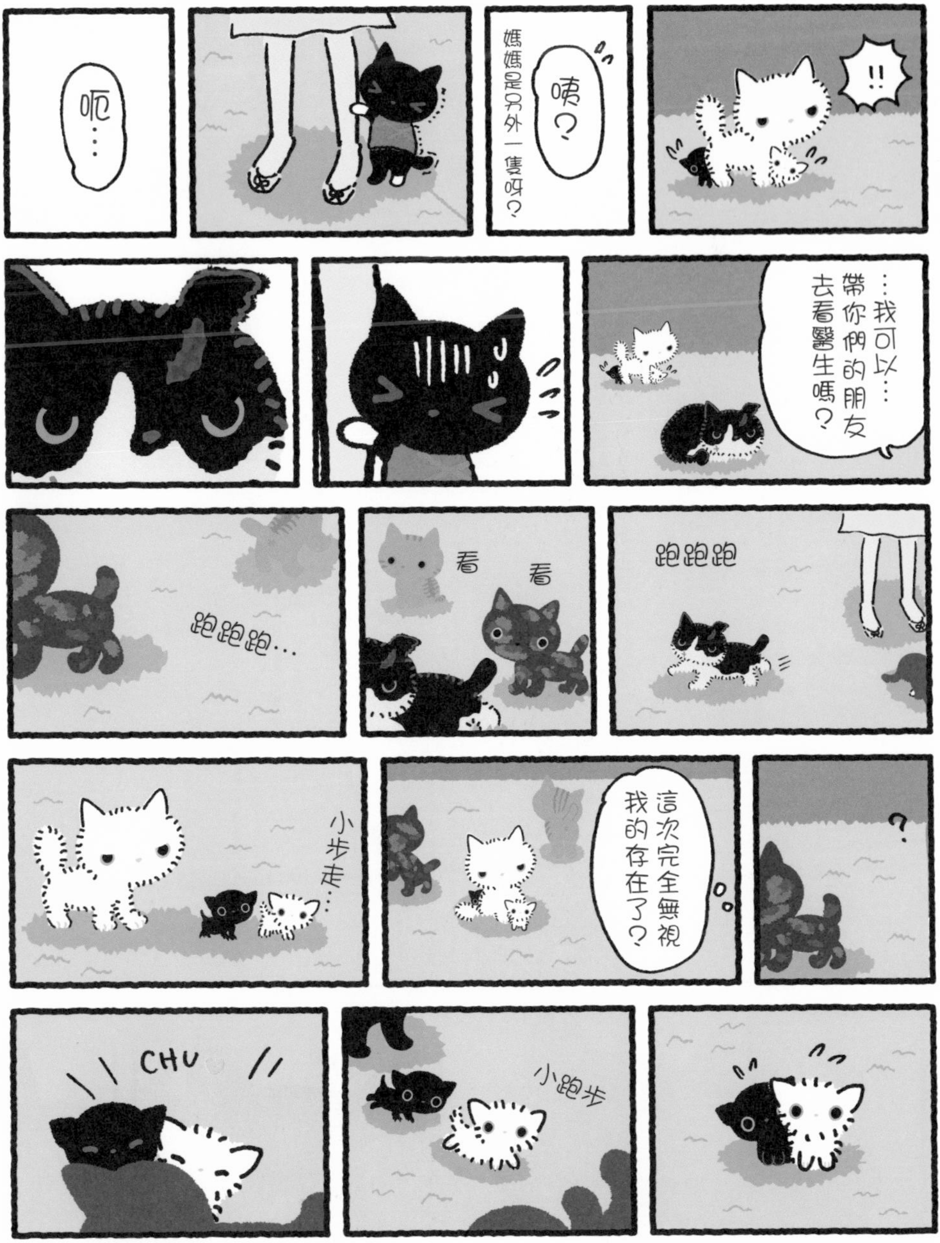
!!
咦？
媽媽是另外一隻呀？
呃……
……我可以帶你們的朋友去看醫生嗎？
跑跑跑
看 看
跑跑跑…
？
這次完全無視我的存在了？
小步走…
小跑步
CHU

哇—
…實在
很果決耶！
流浪貓的世界。
還是想完全丟給我不管了？
……。
放我下來……
抓
哇啊啊—
不可以碰他!!
有跳蚤啦!!
跳
跳
妳的聲音才可怕吧……
我記得有帶環保袋……
找到了♡
超方便的手提袋♪
輕輕放進去。
忍耐一下喔~
有點擠~
好重…
呋…
是芭咪…

那是我的朋友啦ー
以前住在一起的ー
小芭咪……
??
比手畫腳
怎麼回事?
什麼?怎麼了?!
突然這麼激動!!
搖
搖
唉呀不行!
不能搖啦……
搖
不要再搖了
這孩子的身體很虛弱!!
???
到一底怎麼了?
吃醋了嗎?
嗚哇啊啊啊——!!
可是……
有跳蚤，別靠近他!!
不是跟你說了嗎
哇~
推
趴
嗚嗚……
對不起……
摸摸
我們先去醫院吧!
快點快點……

在這裡等我
好…啊…這樣喔
滿身冷汗
抱歉，讓你久等了~
然後呢？
那個孩子得住院~
不過已經沒問題了!!
呼
不必擔心~
咳咳咳…
嗚
對了
把這個送給他吧？
好嗎？
放
希望你早日康復…
會痛嗎？會很痛痛嗎~
快點好起來哦…

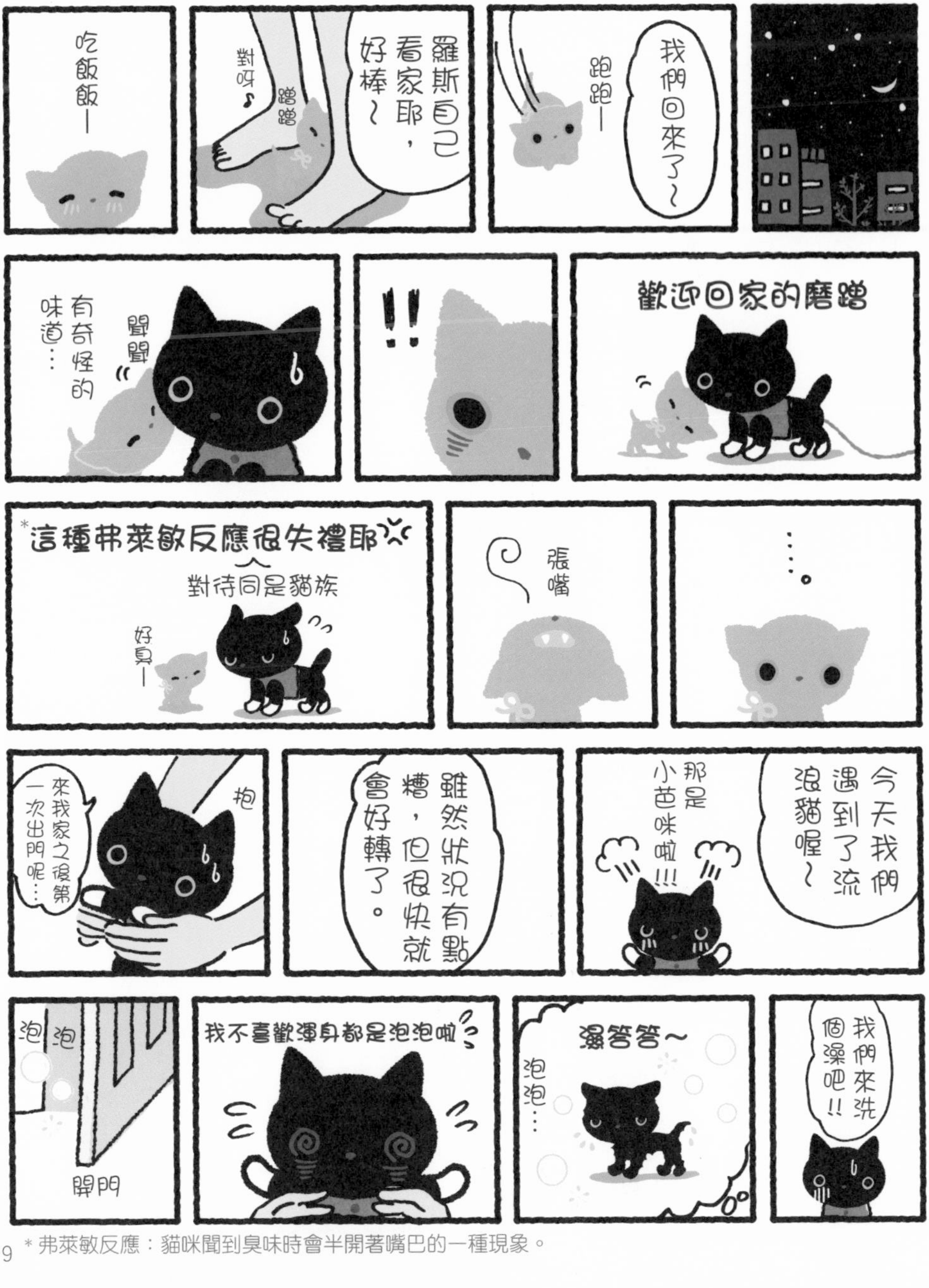
我們回來了~
跑跑—
羅斯自己看家耶，好棒~
蹭蹭
對呀♪
吃飯飯—
歡迎回家的磨蹭
!!
聞聞
有奇怪的味道…
…。
張嘴
*這種弗萊敏反應很失禮耶
對待同是貓族
好臭—
今天我們遇到了流浪貓喔~
那是小芭咪啦!!!
雖然狀況有點糟，但很快就會好轉了。
抱
來我家之後第一次出門呢…
我們來洗個澡吧!!
溼答答~
泡泡…
我不喜歡渾身都是泡泡啦
泡
泡
開門

*弗萊敏反應：貓咪聞到臭味時會半開著嘴巴的一種現象。

喀嚓喀嚓
Z—
Z—
3天後—。
小芭咪呢？
關門
歡迎回家…
小跑步
‥‥。
跟上
我回來了~
伸手
那麼…來做晚餐吧！
那個…
羅斯，我回來囉~
嘰
還得多住院幾天呢…
想問那孩子的事嗎？
點頭
點頭
抱住

……。
必須再觀察一陣子，
不過至少可以放心了。
來吃飯吧!!
……。
磨蹭
打開
喀啦
喀啦
飯飯ー
咚
嚼嚼
轉頭
!!
踱步
離開
怎磨了？不想吃飯？
真是個心思敏感的孩子。
哇，羅斯！你吃太多了!!
移位
不行ーー!!
不准再吃ーー
嚼嚼
不動如山…
吃得好飽喔～
今天的飯還是一樣好吃!!
喀噠喀噠

Z—
Z—
來信
亮起
嗯吶ー
嗯吶ー
驚醒
跑跑跑—
跳
怎麼了!?
喀嚓
喀嚓
喀嚓
要不要再看一次？
嗯吶ー
嗯吶ー
這孩子好像滿有精神的♡
嚼
嚼
而且收到來信說明天可以出院了。
盯~~
趨前
喀嚓
喀嚓
!!
lg い tk が M_
嗶嗶
嗶嗶
快住手~
電腦會壞掉的~~
可是…

好奇怪唷…
你們在做什麼?
跳
走
走
總之一切平安!!
真受不了
啦—
啦—
哇—
不可以在人家的腿上吵架哦!
幹嘛突然…
磨蹭
磨蹭
實在太頑皮了…
撲上
哇哈
咕嚕—
咕嚕—
啊,你肚子餓了吧~
肚子咕嚕叫呢!!
咕嚕
羅斯不能再吃了
為什麼他就可以
不行就是不行
我可以吃更多一點—
!!
哇—
←只有一點點。
來…吃飯吧!

靴下貓四格漫畫
之3

耳朵的方向。
躲開

嘿嘿嘿…

貓文字。
唉唷，最後是片假名!!

好難…

專家。

因為我有
很認真的練習。

繼續睡沒關係。

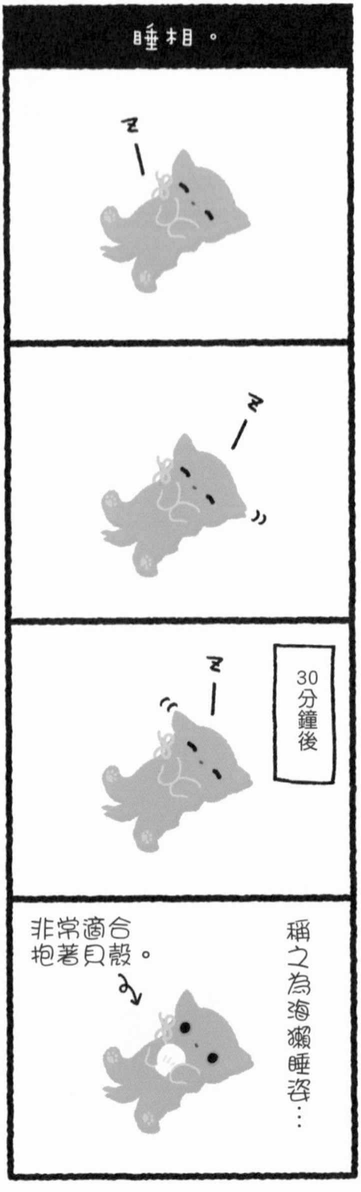
睡相。
z
z
z
30分鐘後
非常適合
抱著貝殼。
稱之為海獺睡姿…

…真的
很想試試看
耶
耶
耶

懷疑。
撞
抖
抖
是你嗎？

是你嗎？
…也許是我吧？！

靴下貓悄悄話。

＝愛貓的人也愛大貓一族＝

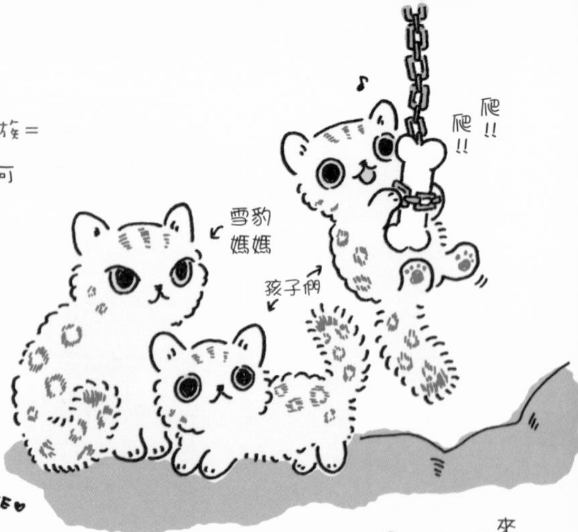
爬!!
爬!!
雪豹媽媽
孩子倆

喜歡貓的人應該也會喜歡貓科動物吧？我可是超超超級喜歡貓科動物呢。

睡覺前我總會忍不住一頁接一頁翻著貓科動物圖鑑。

（說不定能在夢中相見… 啪鏗一）

我就像著魔似的完完全全被牠們吸引，

甚至很想養養看，

因為貓科動物實在是美得不像話呀 LOVE♡

獰貓♡
狩獵時，獰貓甚至可以垂直往上跳起5公尺以上
吼—
我長得很像嗎!?
當然像啊~

我非常喜歡去郊區的大型動物園走走，看那些貓科動物在寬闊的柵欄裡跑來跑去。

（柵欄太小的話會讓動物因為壓力出現焦慮行為，非常可憐啊……）

來抓吧…
抓
給我嘛!!
晃~動
這是誘餌

看來，那些被當成寵物的「家貓」們在走道上全力奔跑，想必也是出於野性本能吧…。

俄羅斯藍貓
小動
耳廓狐

另外，貓咪們生氣時大吼——!!的表情野性十足，真令人百看不厭哪!! 哇…

雖然我只在圖鑑上看過，但我一直暗自認為我家的貓咪說不定是獰貓！只是他平常完全不曾顯現過那種屬於大自然的野性，全身毛茸茸～軟綿綿的，

倒是比較像是兔子哩…

這個飼主該不會是個傻子吧!!
你是一隻可愛的小兔子唷
兔子
小動
抖抖抖
別講些奇怪的話好嗎~
圓滾滾的♪
翻滾~

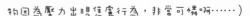

靴下貓與諾魯

抓抓
盯～～～
豪豬布偶
靴下貓與諾魯
多管閒事？
TOYA YOSHIE・作
我想要那個……
拖拖拖
丟
我要豪豬……
給你!!
老鼠玩具
其實我原本並不是要……
……哈哈，無所謂囉
不愧是諾魯!!
哇──
耶──
砰
磅咚
唉唷喂呀……

靴下貓與諾魯
TOYA YOSHIE・作
瞄
興高采烈
獲得一個外出用的拉繩唷
是背上有著一隻布偶的款式
幻想中…
人好多唷…
因為不會迷路
不論哪裡都能跟著去
超棒—
跑跑
咻—
是誰?
轉身
是諾魯…
那是什麼呀?
掉淚
是拉繩啦…
跳—
推推推
這是什麼!!
推
往下滑…
呼~
好了!!我倆走吧!!
背背變成抱抱了…
對上下關係十分在意的諾魯

靴下貓與諾魯
剛晾乾的棉被
TOYA YOSHIE・作
剛洗好晾乾的耶
蓬鬆
暖呼呼
是諾魯…
蠕動
軟綿綿的…
蓬鬆
唉唷
!!
奮力一♪
跳一
喂一
對不起啦
蠕動
鑽入
真是對不起…
不要跟在我屁股後面來
鑽鑽鑽…
等等我…
鑽一
…
沒有跟在我屁股後面來嗎!?
跳出
暖
暖
暖呼呼

靴下貓與諾魯
半夜
TOYA YOSHIE・作
Z—
驚
驚起
啾啾啾
!!
啾
是夜鷹…?
真是的~
呼…
…
Z—
驚
有鬼!?
什麼嘛…原來是諾魯
現身
抱住
嘿咻…
揪住
?
拖拉
那個!!
?
半夜一起做個什麼也不錯♪
好棒喔—
是流星♪

靴下貓
與諾魯
搞錯了
TOYA YOSHIE・作
毛球？
……。
海膽？
警戒~
輕輕—
黏上
啪
啪…
靜電。
啪
啪
反而黏得更緊
傻眼—
啪
啪
全都黏過來了!!
啪
啪
哇嗚—
啪…
啪…
跳—
沒跟來…
呼…
紛紛掉落
飄飄飄
…毛球

靴下貓與諾魯
香味
TOYA YOSHIE‧作
好香的味道喔……
聞聞
隱約
找到了!!
我喜歡這個味道……
是諾魯?
怎麼了?
磨蹭
全身沾滿香香的味道?!
有聞到吧♪
磨蹭
跳
跳
令人安心的味道♪
陽光的味道…
聞聞~~
但平常的味道也很好呀……
聞聞
是很香啦…♪

靴下貓四格漫畫
之4

小祕密。
嘰
嘰
閃閃發亮

微不足道的小服務啦♪
嘰
嘰

意圖不明。

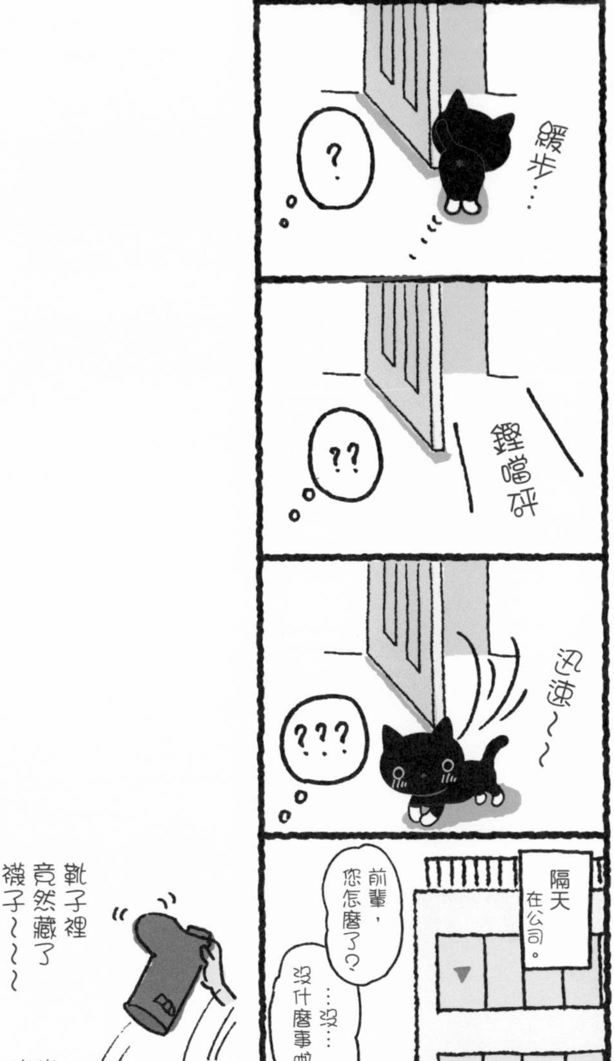

真方便。

假裝剛泡完澡

玩遊戲。

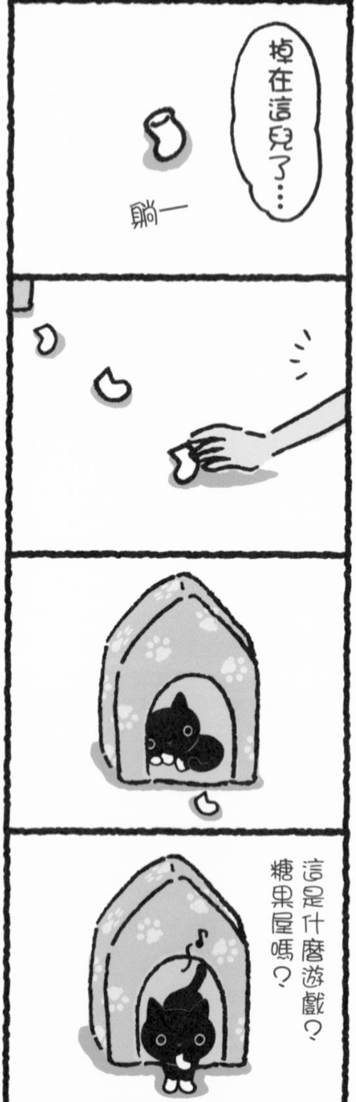

拉開!!
從這裡拉開!!
哇~~好厲害唷♥
咦?你在做什麼?
那個不行啦…
我也要被稱讚…

有哪裡不一樣嗎…
?

哇哇—
喵嗚~
唉唷~好擠喔!
準備去檢查、個性鬆散的蘿比&看起來滿開心的小動。

靴下貓悄悄話。

= 貓咪抵抗病魔大不易 =

各位家有貓咪的貓友們（或者狗狗），都是多久帶牠們去診所做一次定期檢查呢？由於狗狗必須注射心絲蟲預防針，因此去診所的次數應該會比貓咪多吧？我家貓咪大概是一年去2～3次，至於接種疫苗以及照x光、超音波、血液檢查之類的檢查，每年至少會做一次。

帶牠們去診所真可說是一件非～～～～～～常傷腦筋的大工程，雖然很麻煩，但能夠透過醫師診查，了解牠們的健康狀態，今後照顧牠們的工作相對會變得比較輕鬆。自從12歲的魯娜（相當人類的64歲）在做定期檢查時發現病症之後，至今依～然持續和病魔戰鬥中。病名是人類女性也經常會發現的「甲狀腺機能亢進症」，別名巴塞杜氏病。貓咪成長到7歲之後，很容易罹患這個疾病，最好能夠事先另行做檢查。對魯娜來說，雖然有療效不錯的藥物能夠治療，但還是有幾萬分之一的風險，會因為藥物的副作用而喪命…

目前牠服用的是從美國進口的合格藥物。從走路方式、叫聲、睡眠狀況甚至平常的大小事，魯娜的一舉一動，我都小心翼翼的看待，即便到了現在，每一天我們依舊為了這個疾病努力戰鬥中!!!

最糟糕的時候

住院的話狀況會變得更糟糕，只好每天一大早去診所，晚上再帶回家…。

平常老是吵吵鬧鬧的，怎麼現在一動也不動了

喵嗚~~
喵嗚~~
喵嗚~~
我不吃難吃的東西~

但還是吃點治療用的食物吧…
聲音很宏亮啦…
體重千萬別掉到2公斤以下呀

我只是要去把洗好的衣服晾起來啦!
不太會使用洗衣網。
我絕對不去醫院!
快逃~
虛弱蹣跚~

只好繼續努力了~

靴下貓再見囉

織織
…總覺得
織～織
總覺得…
總覺得！
貓咪的數量也太多了吧
隱藏版的諾魯。
整個家變成貓窩了…
似乎有點過頭了…
而且，怎麼大家全都黏在一塊兒呀
是磁鐵貓嗎!?
大家都坐在沙發上。
貓咪不是一種喜愛孤獨的動物嗎？
喃喃自語……
!!
哇——最後一段，快完成了——
握拳
拉緊
完成～
翻找
而且是4隻!!
接下來……
躍躍欲試
馬上試穿♪

從今以後你就叫條紋靴下貓吧♪
這要我怎麼回答呢……
呃……
甩掉
!!
呼……
咦？會熱嗎？
肉球熱呼呼的…
但是我沒有開暖氣耶～
毛茸茸的襪子看來不適合這個季節──
這陣子實在太忙……到現在才織好…
真是抱歉呀……
等到明年冬天再穿吧？
點頭
跳
你不要就給羅斯當玩具吧～♪
你這小子
踢踢
咬咬
萬歲─
耶─
真是的──頑皮過頭!!
快放開──
緩緩靠近
不要─
叼起
給我等一下!!

那位食客2號!!
1號是靴下貓。
心裡有點小羨慕。
對不起!! 對不起!!
放下
快逃
躲起來~
我沒有生氣~~
雖然剛才是有點小怒啦……
哼
發抖……
過來吧~
抖……
……我還沒決定你的名字呢……
就叫你小雪吧!!
畢竟當時是被小白貓救了…
嗯……
對了,是該幫你洗個澡……
唉呀~咖啡色並不是因為髒了的關係?
才不是……
洗過之後還是巧克力色~
根據貓咪圖鑑,你長得很像「緬甸貓」耶
叫你芭咪可以嗎?
啊,不喜歡嗎?
逃—
好可怕……
……不喜歡呀,那該怎麼辦呢~~
個性一點兒也不像緬甸貓~
自言自語…
沙
那個……
怎麼了?
我覺得是這樣喔
正確
最完美的名字!!
擺出圓圈姿勢
畫圈~
畫圈~
友情客串。

好吧，就決定叫芭咪。
呼
芭—咪芭咪芭咪!!
過來~♡
好害怕……
來嘛來嘛
過一陣子應該就會習慣吧……
不必害怕啦……
哇啊—!!
咬
咬
咬出破洞了啦~~~
不是說不能跟你咬嗎？
唉呀—
人家好想要這個喔……
明年我再做新的給羅斯嘛!!
耶—
耶—
轉頭
盯~~
盯~~
什麼…？芭咪也想要？？
也做給芭咪吧!!
好害羞喔—
搖搖
撲上
耶—

一起玩吧♪
請多多照顧的磨蹭♡
跳下
轉頭
芭咪？
呼…
跑跑跑—
難道這就是遊戲嗎…
跑步追上—
到這裡應該就…
快速跑
有這麼開心嗎？
站起
精神真好哪～
小孩子就麻煩你照顧了…
跳—
跑跑跑跑
經常都是這樣…
看大家這麼開心，我也變得更有精神了
喵— 喵—
咦？外面有貓叫聲？？
跑跑跑—
是貓…
喵— 喵—

和靴下貓的羈絆越來越緊密
咬咬
託他的福，我的每一天也更加有朝氣了
變成貓窩了
好可憐喔…是野貓耶…
饒了我吧，沒辦法再養更多貓了啦!!
你們這幾個~
那隻貓在哭哭耶…

靴下貓悄悄話。

＝取代後記的…謝謝大家～～!!＝

抱歉，這個有些難言之隱，所以……
Ku～

感謝各位讀者購讀《靴下貓》系列。不同於以往的幾本，這一次…因為有配置了專屬的工作團隊，不論是在繪本或San-X的商品製作上，都獲得極大的協助，但忙碌的工作也因此為許多人帶來了不少麻煩，真是不好意思呀…真抱歉 在繪製第2集繪本時，因為還要同時檢查任天堂DS遊戲軟體的內容，照理說應該是比現在還忙才對呀，怎麼會這樣咧？

再次憶起
人間地獄
今年為什麼會忙成這樣啊～～
計畫表
反正想辦法過關就對了！
而且我的母語能力也太弱了吧
完全與時代脫節
嗚嗚 啼啼
我不知道這個遊戲的內容結構啦～
這個要怎麼玩呀!?
戳戳
DSi

由於我的個性懶散，遇到這種情況時還真不知道該如何是好。比起工作，我似乎更在乎感覺……真是對不起大家啊（我是那種明明覺得該認真讀書準備考試了、卻還是埋頭看漫畫的類型）不知道大家都是如何轉換情緒的？我真的好想知道喔～最能夠讓我轉換情緒的方法就是去旅行，但又不可能天天去，所以在繪製這本繪本的期間，我總是以讓自己沉浸在貓之【國度】（自家或貓咪咖啡館）的方式來轉換心情～。所以說，繪本能夠順利完成，還真是多虧了貓咪們的幫忙呢。

你們真是太可愛了～
歡迎回家～
給我飯吃……
今天也這麼晚才回來～

還在賭氣的魯娜
這不是醫院給的伙食啦……不想吃嗎??
哼—
用來讓牠轉換心情的新口味貓食罐頭。
歡迎光臨～
在住家附近的咖啡館發現和我家貓咪長得超像的貓兒
吼
（不過滿凶的

TOYA YOSHIE

靴下貓 3 不合季節的襪子

作者／TOYA YOSHIE
美術編輯／申朗創意
責任編輯／蘇士尹
企畫選書人／賈俊國

總編輯／賈俊國
副總編輯／蘇士尹
行銷企畫／張莉滎・廖可筠

發行人／何飛鵬
出版／布克文化出版事業部
台北市中山區民生東路二段 141 號 8 樓
電話：(02)2500-7008　傳真：(02)2502-7676　Email：sbooker.service@cite.com.tw
發行／英屬蓋曼群島商家庭傳媒股份有限公司城邦分公司
台北市中山區民生東路二段 141 號 2 樓
書虫客服服務專線：(02)2500-7718；2500-7719
24 小時傳真專線：(02)2500-1990；2500-1991
劃撥帳號：19863813；戶名：書虫股份有限公司
讀者服務信箱：service@readingclub.com.tw
香港發行所／城邦（香港）出版集團有限公司
香港灣仔駱克道 193 號東超商業中心 1 樓
電話：+852-2508-623　傳真：+852-2578-9337　Email：hkcite@biznetvigator.com
馬新發行所／城邦（馬新）出版集團 Cit　(M) Sdn. Bhd.
41, Jalan Radin Anum, Bandar Baru Sri Petaling, 57000 Kuala Lumpur, Malaysia
電話：+603- 9057-8822　傳真：+603- 9057-6622　Email：cite@cite.com.my
印刷／韋懋實業有限公司
初版／2016 年（民 105）03 月
售價／250 元

城邦讀書花園 www.cite.com.tw　布克文化 WWW.SBOOKER.COM.TW